Bruño

Dirección Editorial:
Trini Marull

Edición:
Cristina González

Preimpresión:
Mar Morales

Traducción:
Rosa Pilar Blanco

Ilustraciones:
Birgit Rieger

Diseño de cubierta:
Miguel Ángel Parreño

Título original: *Hexe Lilli und der Weihnachtszauber*
© Arena Verlag GmbH, Würzburg
   Este libro se ha negociado a través de Ute Körner Literary Agent, S. L., Barcelona
© Grupo Editorial Bruño, S. L., 2005
   Juan Ignacio Luca de Tena, 15
   28027-Madrid
   www.brunolibros.es

ISBN: 978-84-216-9549-4
Depósito legal: M-27808-2011
Impresión: HUERTAS, Industrias Gráficas, S. A.
Printed in Spain

KNISTER

y el hechizo de la Navidad

ⓑ Bruño

7.ª edición

En mitad de este libro encontrarás una fantástica sorpresa. Pero no seas impaciente y... ¡espera a llegar a la página 64!

Esta es Kika, la superbruja protagonista de nuestra historia. Tiene más o menos tu edad y parece una niña corriente y moliente. Bueno, en realidad lo es…, aunque no del todo. Y es que Kika posee algo muy poco común: ¡un libro de magia!

Un buen día, Kika encontró ese libro junto a su cama. Era el libro de magia de la atolondrada bruja Elviruja, que en principio a modo de prueba, deseaba pasárselo a una bruja más joven.

Kika comprendió en el acto que aquel libro contenía auténticos encantamientos y loquísimos trucos de bruja, y ya ha probado algunos. Pero ¡cuidado…!

Será mejor que no intentes imitar los conjuros de Kika, porque…

Si al leer una palabra te equivocas,
tu cepillo de dientes se convertirá en escoba;
tu profesora, en una monstrua abominable,
y el helado que te estás comiendo,
en un pepinillo en vinagre.

Por si acaso, Kika Superbruja no le ha hablado a nadie de su fantástico libro. Es, como si dijéramos, una bruja auténtica, pero secreta. Ha ocultado la existencia del libro de magia incluso a Dani, su hermano pequeño, y esto no le ha resultado nada fácil, pues Dani es muy, pero que muy curioso, y a veces hasta puede resultar algo plasta. Pero, a pesar de todo, Kika le adora.

Bueno… y a continuación, ¡sumérgete en el placer de la superlectura con las aventuras de Kika Superbruja!

Capítulo 1

13

Dani, el hermano pequeño de Kika, está sentado en el suelo de su habitación... ¡hablando solo!

Y no es que se haya vuelto majareta, ¡qué va!

Es que está aprendiéndose de memoria una poesía para recitarla en la fiesta navideña de su colegio.

Como a todos los niños, a Dani le encantan las cosas que se hacen en Navidad: Actuar en la fiesta del cole, montar el Nacimiento, decorar el árbol, cantar villancicos, esperar la llegada de Papá Noel, de los Reyes Magos…

Lo malo es que aún faltan dos semanas enteras para que todo eso empiece a ocurrir, ¡y Dani está tan impaciente, que esas dos semanas van a hacérsele eternas!

Bueno, al menos tendrá tiempo de sobra para ensayar y requeteensayar su poesía… ¡siempre que su hermana mayor le deje tranquilo, claro!

Porque cuando Dani empieza a recitar por centésima vez:

—*De Belén vengo*
y esta noticia os traigo…

—*¡… he visto volar un dromedario!* —le interrumpe Kika a gritos desde su habitación.

Y es que, aunque Kika adora a su hermano pequeño, ¡también le encanta pasarse el día chinchándole!

Sin embargo, esta vez Dani no hace caso de su hermana y sigue recitando con mucho sentimiento:

—... *un Niño ha nacido*
 de María y José...

—¡... *y cantan sevillanas la mula y el buey!* —vuelve a interrumpirle Kika a grito pelado.

—Pero… ¿cómo porras van a cantar sevillanas la mula y el buey? —protesta Dani—. ¡Mi poesía no sigue así!

—Bueeeeno, está bieeeeen… —dice Kika, que ya se ha asomado al cuarto de su hermano—: Puede que la mula y el buey no canten sevillanas… ¡sino villancicos, ja, ja, ja!

—¿«Villancicos»? ¡Eso no rima con «María y José»! —replica Dani.

—Pero no me negarás que sí rima con «pastorcicos».

—¿Qué pastorcicos?

—Pues los que van a Belén… ¡a cantar villancicos con la mula y el buey! —remata Kika, muerta de la risa.

—¡Jo, me estás liando! ¡Así no hay manera de aprenderme mi poesía de Navidad! —se enfurruña Dani.

—Vale, vale, hermanito, tienes razón —dice Kika, todavía entre risas—. Solo estaba tomándote el pelo. En el colegio siempre lo hacemos.

—¿Tomaros el pelo?

—No. Lo de las poesías.

—¿Y qué es lo de las poesías? —pregunta Dani, mirando a su hermana con los ojos muy abiertos.

Y es que todo lo relacionado con el colegio de los mayores le interesa muchísimo.

—Venga, cuéntame, *porfa...* —insiste Dani.

—Pues... transformamos «un poco» las poesías y los villancicos. Nosotros lo llamamos *pamplinear.* A veces hasta nos echa una mano nuestra profesora. ¡A ella también le divierte mucho!

—¿Y qué pasa entonces con las poesías y los villancicos?

—¡Oh!, nunca se sabe... Lo principal es inventarse cualquier pamplina divertida —le explica Kika.

—Pues invéntate una ahora, anda, a ver qué pasa —le pide Dani.

—Bueno, no es tan sencillo... Lo más gracioso es que participe toda la clase. Entonces elegimos una poesía o un villancico cualquiera, que conozca todo el mundo, y...

—Lo *pamplineáis* —termina la frase Dani.

—¡Exacto! —replica Kika—. Por ejemplo... ¿te sabes el villancico «¡Ay del chiquirritín!»?

—¡Pues claro! En mi clase nos lo aprendimos las Navidades pasadas. ¿Te lo canto? —y sin esperar respuesta, Dani empieza a cantar (desafinando bastante):

¡Ay del chiquirritín, chiquirriquitín,
metidito entre paaaajas!
¡Ay del chiquirritín, chiquirriquitín,
queridín, queridito del aaaalma!

Entre un buey y una mula Dios ha naciiiido
y en un pobre pesebre lo han recogiiiido.

¡Ay del chiquirritín, chiquirriquitín,
metidito entre paaaajas!
¡Ay del chiquirritín, chiquirriquitín,
queridín, queridito del aaaalma!

Por debajo del arco del portaliiiico
se descubre a María, a José y al Niiiiño.

21

¡Ay del chiquirritín, chiquirriquitín,
metidito entre paaaajas!
¡Ay del chiquirritín, chiquirriquitín,
queridín, queridito del aaaalma!

No me mires airado, hijito míííio,
mírame con los ojos que yo te miiiiro.

¡Ay del chiquirritín, chiquirriquitín,
metidito entre paaaajas!
¡Ay del chiquirritín, chiquirriquitín,
queridín, queridito del aaaalmaaaaaa!

¡PLAS, PLAS, PLAS!, aplaude Kika la actuación de su hermano, y enseguida añade:

—¡Caramba, Dani, estás hecho un artista! Y ahora… ¿quieres saber cómo *pamplineamos* ese villancico en mi clase?

—¡Sí, sí! —exclama él, entusiasmado.

—A mí también me gustaría mucho escucharlo… —se oye otra voz.

Kika y Dani no se han dado cuenta de que su padre se ha asomado a la habitación.

—¡Vamos, Kika! ¡A ver qué tal suena ese villancico *pamplineado!* —la anima.

—Muy bien. Prestad atención —responde ella, y empieza a cantar (desafinando bastante, también):

¡Ay del pim-pirulín, pirulirulín,
pamplina pipiraaaada!
¡Ay del pim-pirulín, pirulirulín,
pamplinín, pamplinita piraaaada!

Como en clase de Mates hoy no he atendiiiido,
yo sola me he ganado un buen negatiiiivo.

¡Ay del pim-pirulín, pirulirulín,
pamplina pipiraaaada!
¡Ay del pim-pirulín, pirulirulín,
pamplinín, pamplinita piraaaada!

Como en clase de Lengua me he despistaaaado,
un buen rosco en dictado yo me he ganaaaado.

¡Ay del pim-pirulín, pirulirulín,
pamplina pipiraaaada!
¡Ay del pim-pirulín, pirulirulín,
pamplinín, pamplinita piraaaada!

Pero yo por todo eso no me preocuuuupo,
¡porque un diez en recreo tendré seguuuuro!

¡Ay del pim-pirulín, pirulirulín,
pamplina pipiraaaada!
¡Ay del pim-pirulín, pirulirulín,
pamplinín, pamplinita piraaaada!

¡PLAS, PLAS, PLAS!, aplauden Dani y su padre entre risas.

—¡Genial! ¡Jo, qué ganas tengo de ir al cole de los mayores para *pamplinear* como tú, Kika! —suspira su hermano.

—Bueno, no creas que allí es todo tan divertido… —replica ella, poniendo los ojos en blanco al acordarse de los exámenes.

—Vamos, vamos, Kika… ¡Reconoce que te lo pasas fenomenal en el colegio! —interviene su padre—. ¿A que no sabías que, cuando yo era como tú, en mi clase también *pamplineábamos?* Me acuerdo de una poesía de Adviento que…

—¡Recítanosla, papá, *porfa, porfaaaa!* —le interrumpe Dani.

—¡Sí, papá, anda! ¡A ver qué tal *pamplineas!* —añade Kika.

—Vale, vale, si insistís… —responde su padre—. ¡Ahí va!:

¡Adviento, Adviento!
¡El colegio está ardiendo!
Con el frío, las cañerías se han helado
¡y el colegio se ha chamuscado!

¡Adviento, Adviento!
Papá Noel viene corriendo.

Pero… ¿qué trae a cuestas?
¡Es un enoooorme saco navideño!

¡Adviento, Adviento!
«Papá Noel, ¿con un saco
quieres apagar un fuego?»,
le gritan los bomberos.

¡Adviento, Adviento!
Papá Noel más sacos va trayendo,
y apilándolos junto al colegio,
¡consigue apagar el incendio!

¡Adviento, Adviento!
«¡Hurra por Papá Noel,
el mejor apagafuegos!»,
gritan los bomberos.

¡Adviento, Adviento!

De pronto, un extraño olor
dulce, exquisito, ¡requetebueno!,
invade todo el colegio.

¡Adviento, Adviento!
¿Qué habría en esos sacos?
¿Qué será eso tan rico
que Papá Noel escondía dentro?

¡Adviento, Adviento!
Por fin se resuelve el misterio:
¡Huele a manzanas asadas!
¿A que te gusta el invento?

¡Adviento, Adviento!
Y para manzanas asadas hacer,
¡ojo, no quemes tu colegio!
Mejor usa un horno… ¡a fuego lento!

Kika y su hermano han escuchado con la boca abierta y estallan en aplausos.

—¡Qué poesía tan chula! —exclama Dani—. Y qué larga…

—¿De verdad la *pamplineasteis* entre todos los de vuestra clase? —quiere saber
Kika.

—Bueno, lo cierto es que nuestra profesora nos echó una mano… —admite su padre.

—¡Pues os debió de llevar un montón de
tiempo rimarla! —dice Kika, que sabe
de sobra lo que cuesta *pamplinear* una
poesía.

—Tienes razón —reconoce su padre—.
Pero es que antes teníamos mucho más
tiempo que ahora.

—¿Más tiempo? —se extraña Dani—. ¿Qué
quieres decir?

—Buena pregunta… —replica su padre,
con una sonrisa un poco triste—. Antes,
cuando vuestra madre y yo éramos pequeños, todo era distinto. En el colegio,
en casa… y también en Navidad.

—¿Es que Papá Noel no os traía regalos? —pregunta Dani—. ¿Y qué pasaba con los Reyes Magos? ¿Tampoco pasaban por vuestras casas?

—No, no es eso, ¡claro que venían! —responde su padre—. Lo que quiero decir es que antes…, bueno, todo era como más… misterioso, ¡más mágico!

Como sabe bastante de magia (ya que es una bruja supersecreta), Kika entiende muy bien lo que trata de explicar su padre y suspira:

—¡Qué pena que ya no sea así!

—Sí, es una verdadera lástima. Con lo estresado que está todo el mundo hoy día, no queda tiempo para conseguir un ambiente navideño realmente mágico —dice su padre.

—¿Y qué podemos hacer para que todo sea como antes, papá? —pregunta Dani—. ¡A lo mejor podríamos pedirle a un mago que nos hechizara y nos convirtiese en conejos, o en tigres, o en...!

—No, no; no se trata de eso —le interrumpe su padre con una sonrisa—. El verdadero hechizo de la Navidad consiste en una cosa completamente distinta. No es algo que pueda verse, ni tocarse... ¡Hay que sentirlo! Y para eso hace falta muuuucho, muuuucho tiempo... Pero en fin..., ¡ya no tiene remedio! —y enseguida añade—: Bueno, chicos, creo que ya va siendo hora de lavarse los dientes e irse a la cama.

—¡Joooo, con lo bien que nos lo estábamos pasando! —protesta Dani, acurrucándose en el regazo de su padre.

—Anda, papá, déjanos quedarnos solo un ratito... —le pide Kika—. ¡Y cuéntanos más cosas de cuando eras pequeño, y del hechizo de la Navidad!

—Está bieeeen… Pero solo una historia más, ¿eh? —dice su padre—. Veréis: A mis hermanos y a mí nos encantaba hacer pastas de Navidad. ¡Era fantástico! Nuestra abuela preparaba la masa, y nosotros íbamos moldeando las pastas con formas divertidas y las poníamos sobre una bandeja.

Después, la abuela metía la bandeja en un horno de leña y… ¡a esperar! Sentados en la cocina, oíamos los crujidos, chisporroteos y bufidos de aquel viejo horno.

«Eso es por la leña al arder», decía siempre mi hermano mayor. Y mi abuela replicaba siempre también: «No; es por Papá Noel, que está intentando entrar por el tiro de la chimenea... ¡para ver si puede zamparse alguna pasta!».

Mi hermano mayor nunca se creyó esa historia, y para demostrar que él tenía razón, un año intentó abrir la puerta del horno. Se puso unas manoplas bien gordas para no quemarse y empezó a tirar y a tirar de ella. Pero no hubo manera.

«¡La puerta está atascada y no hay quien la abra!», exclamó, enfadado.

Entonces la abuela le contestó:

«Es Papá Noel quien no te deja abrirla. ¡No quiere que lo sorprendas comiéndose nuestras pastas!».

—¿Y Papá Noel estaba de verdad dentro del horno? —pregunta Dani, con los ojos como platos por el asombro.

—Nunca llegué a saberlo —contesta su padre—. Pero os aseguro que, al sacar la bandeja, ¡casi siempre faltaban siete pastas! O al menos así lo aseguraba nuestra abuela…

—¿Y era cierto que faltaban? —pregunta Kika.

—Por desgracia, tampoco lo sé… —admite su padre, antes de añadir entre risas—: ¡Mis hermanos y yo nunca las contamos!

—¿Y si probáramos nosotros, eh, Kika? —propone Dani—. ¡Mañana podríamos hacer pastas de Navidad, y ver si Papá Noel nos las roba del horno!

—Me temo que eso no va a ser posible… —replica su padre—. Nuestro horno es eléctrico, y sin chimenea… ¿cómo podría entrar Papá Noel para robar las pastas?

—¡Ohhhh, qué pena! —exclama Dani, decepcionado.

—Y ahora sí que sí… —dice su padre—: A lavarse los dientes todo el mundo, y después, ¡a dormir!

Kika ya está metida en la cama cuando su madre entra a darle un beso de buenas noches.

—¿Sabes, mamá? ¡Qué lástima que nuestro horno no cruja, ni chisporrotee, ni bufe!

Su madre la mira con cara de no entender nada de nada, y Kika le explica:

—Es que papá nos ha estado contando cosas de cuando erais pequeños, y creo que entonces todo era mucho más bonito que ahora…

—A veces yo también lo creo, cariño… —suspira su madre antes de apagar la luz—. ¡Felices sueños!

Kika se hace un ovillo bajo el edredón y empieza a imaginarse cómo eran las cosas en el pasado.

Imagina, imagina e imagina…, y acaba ocurriéndosele una idea genial:

¡Seguro que con su libro secreto de magia consigue recuperar el verdadero hechizo de la Navidad!

Y todavía tarda un buen rato en quedarse dormida.

Capítulo 2

Durante la pasada noche, a Kika se le han ocurrido unas ideas fantásticas para practicar varios encantamientos navideños.

Pero, por desgracia, no puede ponerlas en práctica nada más despertarse por la mañana, pues tiene que ir al colegio.

Ya en clase, les pregunta a algunos de sus compañeros si saben algo del verdadero hechizo de la Navidad. Pero casi ninguno de ellos entiende ni jota de lo que les está hablando.

Solo Mónica, la mejor amiga de Kika, parece comprender en qué consiste ese hechizo. Y es que a ella también le da un poco de pena que, en Navidad, a casi todos los chicos les interesen más que ninguna otra cosa los regalos que les traerán Papá Noel o los Reyes Magos.

Por eso, en una pausa entre clase y clase, Kika y Mónica deciden hablar con su tutora, la señorita Marina.

—¿Qué os parece si decorásemos la clase con motivos navideños? —les sugiere la profesora.

—¡Genial! ¡Si cada uno trae una cosa, conseguiremos un montón de adornos! ¡Y después los colgaremos por toda el aula! —exclama Mónica, entusiasmada—. También valdrá traer, por ejemplo, un Nacimiento, o un cd de villancicos, o unas postales, o un cuento de Navidad, ¡o pastas caseras! Así podríamos cantar, y merendar, y yo podría traer mi flauta, y…

La señorita Marina se echa a reír y la interrumpe:

—No sé si dispondremos de tanto tiempo, Mónica. Al fin y al cabo, ¡también tenemos que dar clase!

—Mi padre dice que, antes, los chicos tenían mucho más tiempo que ahora —comenta Kika—. ¡Y estoy segura de que, a pesar de todo, estudiaban un montón!

—Tu padre tiene razón, Kika —dice la tutora—. Lo que ocurre es que hoy, por desgracia, las cosas no son tan fáciles como antes… De todas maneras, no os preocupéis. Entre todos, ¡haremos lo posible por recuperar el verdadero hechizo de la Navidad!

Kika y Mónica se ponen manos a la obra enseguida, en la siguiente clase les cuentan su plan a sus compañeros y…

¡... El éxito es total!

A todos les entusiasma la idea de participar, y rápidamente se ponen de acuerdo para organizar un pequeño acto navideño cada día. Por ejemplo, leerán una poesía, o cantarán un villancico, o contarán un cuento de Navidad.

Mónica incluso se llevará su flauta.

¡Va a ser estupendo!

Al terminar las clases, Kika vuelve contentísima a casa.

—Hummmm... Yo diría que el viejo hechizo de la Navidad ya está afectándote... —le dice su padre nada más ver sus ojos chispeantes de alegría.

Y Kika se da cuenta de que se siente muy orgulloso de ella.

Como Kika y Dani necesitan unos zapatos de invierno nuevos, esa tarde van de compras con su madre.

La gente se apiña por todas partes en las calles. Muchos cargan con pesadas bolsas y con montones de paquetes. Y en la mayoría de las tiendas resuenan canciones navideñas, incluyendo la zapatería a la que se dirigen los tres.

—¡Qué mareo con tanto villancico a todo volumen! —gime su madre—. Cuando de verdad llegue la Navidad, ¡ya no nos apetecerá un pimiento cantar ninguno!

—¡Ja! ¡Y eso que usted solo escuchará este latazo un momento! —se queja la dependienta de la zapatería—. Yo tengo que aguantar la misma cantinela tooooodo el día…

—¿Y por qué no quita usted la música un ratito? —quiere saber Kika.

—¡Eso! ¡Así le descansarían las orejas! —apoya la idea Dani.

—¿Os creéis que soy la jefa? —replica la dependienta—. ¡No puedo hacer eso sin permiso!

—Pues pídalo —sugiere Kika.

—¡Claro! Y si lo pide *porfa-porfa,* ¡mejor! —añade Dani.

—Pero bueno, ¿vosotros qué queréis, mocosos, comprar zapatos o meterme en líos? —se enfada la dependienta—. ¿No veis el jaleo que hay en la zapatería? ¡No sois los únicos clientes! El resto de la gente también quiere que la atienda. Al fin y al cabo, ¡pronto será Navidad!

—Perdone, pero… ¡me temo que la Navidad aún está muy lejos de usted! —interviene mamá.

Y cogiendo a Dani de la mano, los tres dan media vuelta y salen de la tienda.

En la siguiente zapatería a la que se dirigen tienen más suerte.

La vendedora es mucho más amable, y Kika y Dani consiguen sus zapatos de invierno.

Después, su madre decide ir a unos grandes almacenes. Y en la puerta de entrada se topan con un Papá Noel…

—La sección de juguetes está en la tercera planta —dice por todo saludo.

—¿Hay coches teledirigidos? —le pregunta Dani.

Pero el Papá Noel ni se molesta en contestarle. Su mirada resbala sobre él, como si fuera invisible.

—¿Tienen coches teledirigidos? —insiste Dani.

—Ya te he dicho que la sección de juguetes está en la tercera planta —contesta el Papá Noel con muy malas pulgas.

—Vamos, Dani, cariño… Creo que Papá Noel está demasiado ocupado —dice mamá con bastante retintín.

Al pasar al interior de los grandes almacenes, de inmediato se ven apretujados entre cientos de mostradores y estanterías. ¡Aquello también está atiborrado de gente! Y algunos parecen tener mucha prisa, porque se abren paso a empujones, codazos y pisotones.

Mamá quiere ir a la sección de hogar, en la cuarta planta, a comprar una quesera para la abuela.

Pero, como es lógico, Dani quiere ir a la sección de juguetes, así que se detienen primero en la planta tercera.

Y en aquel paraíso, el hermano de Kika se queda boquiabierto, claro.

¡Qué de cosas chulísimas!

Mamá tiene que vigilarlo con cien ojos
para no perderlo de vista entre semejante
barullo.

Cuando Dani coge un pequeño robot para inspeccionarlo a fondo, una dependienta sale disparada hacia él y le dice de muy malos modos:

—¡En este cartel pone muy clarito «NO TOCAR»! ¿Es que no sabes leer, niño?

—No del todo, pero me falta poco… —contesta Dani.

La dependienta le mira un poco desconcertada por la respuesta, pero enseguida replica con voz gruñona:

—Pues que sepas que se mira, pero no se toca, salvo que tu madre haya comprado la mercancía, por supuesto.

—Vale. ¿Tienen coches teledirigidos? —le pregunta Dani.

—Deben de andar por alguna parte. ¡Pero ni se te ocurra tocarlos! —y la dependienta desaparece en un abrir y cerrar de ojos.

—¡Jo, qué señora más «simpática»! —murmura Dani.

—«Simpatiquísima», sí… —resopla Kika.

—¿Sabéis una cosa? ¡Estoy hasta las narices de tanta «simpatía»! —exclama su madre—. Iré a comprar la quesera para la abuela y nos largamos pitando a casa, ¿de acuerdo?

—¡Hecho! —dice Kika—. Nosotros te esperaremos aquí… ¡mirando, pero sin tocar!

Mamá regresa al cabo de pocos minutos, y a pesar de estar rodeados de maravillosos juguetes, la verdad es que tanto Kika como Dani se alegran de marcharse de una vez de los grandes almacenes.

—¡Los mayores no han parado de darnos empujones! —se queja Dani a su madre.

Y Kika también le cuenta:

—Hemos visto un niño que había elegido unas pelotas de tenis y quería pagarlas. Pero el dependiente de la caja atendía primero a los mayores. «Los niños tienen que esperar», decía. Así que, al final, el niño se ha ido con sus padres y ha dejado las pelotas junto a la caja. ¡Yo se las hubiera tirado a la cabeza al dependiente!

—¡Venga, larguémonos de aquí! —exclama su madre.

Ya en casa, Kika no deja de darle vueltas a lo mal que lo han pasado en los grandes almacenes... ¡y en cómo arreglar las cosas!

Lo malo es que, para conseguir que el verdadero hechizo de la Navidad surta efecto en un lugar tan horrible como ese, va a necesitar mucha, pero que mucha ayuda.

¡Ni siquiera sabe si tendrá suficiente con los conjuros de su libro de magia!

Le vendría fenomenal discutir su plan con sus padres y con Dani..., pero Kika es una superbruja secreta y desea seguir siéndolo.

Bien encerrada en su cuarto, a salvo de miradas indiscretas (en especial de su hermano pequeño), Kika saca el libro de magia de su escondite bajo la cama y empieza a hojearlo.

¡Porras!

¡Las palabras *hechizo de la Navidad* no figuran en él!

Y tampoco encuentra *grandes almacenes...*

¡Porras, porras y más porras!

Kika se devana los sesos. Y de repente se acuerda de la zapatería donde trabaja la dependienta súper antipática.

«¡Ufsss, allí sí que hace falta un montón de magia!», se dice. Así que consulta la palabra *zapatos* en su libro secreto.

Y tiene suerte, porque encuentra una lista muy, muy larga de encantamientos. ¡Nunca se habría imaginado que hubiera tantos hechizos relacionados con los zapatos!

El primero de todos parece complicadísimo:

ENCANTAMIENTO DE ZAPATOS CON EL QUE UNA DONCELLA DESEOSA DE SER DESPOSADA HALLARÁ UN AMANTE NOVIO:

La futura desposada se despojará voluntariamente de su calzado y, en viernes, arrojará su zapato izquierdo cuatro veces contra un manzano solitario.

A continuación, se calzará
el zapato izquierdo en el pie
derecho y el zapato derecho
en el pie izquierdo.

Luego esperará
con los ojos cerrados
el ladrido de un perro.

Si el primer presunto
pretendiente procedente
de la dirección del ladrido
del perro ha cambiado
también sus zapatos,
será el adecuado para casarse.

(ATENCIÓN:
Si el novio
viene de Viena, la boda
jamás debe celebrarse
ese mismo viernes).

¡Complicadísimo de verdad!

«¿"Si el primer presunto pretendiente…"? ¿Qué narices querrá decir eso?», se pregunta Kika. «¿Y qué más dará que el novio venga de Viena, o de cualquier otra parte, para que la boda sea o no un viernes?».

Al final, decide que es mejor saltarse ese encantamiento y pasar a los siguientes.

Por ejemplo:

Unos zapatos viejos metidos
en un sembrado de pepinos
ayudan a que estos crezcan
más y mejor.

O:

Para mantener lejos a vampiros,
mosquitos y sanguijuelas
es preciso frotarse los zapatos
con zumo de ajo.

Kika tarda un buen rato en encontrar el hechizo adecuado, ¡pero al fin lo consigue!

Tras tomar rápidamente unas cuantas notas, devuelve el libro secreto de magia a su escondite.

Le encantaría ponerse manos a la obra ahora mismo, pero no le serviría de nada. Ya es muy tarde, y todas las tiendas habrán cerrado.

Además, en ese preciso momento, Dani la llama para cenar.

Al salir de su habitación, Kika escucha cómo su madre habla por teléfono con alguien y pilla al vuelo unas frases sueltas:

—… me parece estupendo que sea usted tan comprensiva. Al fin y al cabo, pronto será Navidad y habría que…

«¡Justo!», piensa Kika. «¡Pronto será Navidad y eso tendría que notarse!».

—¿Sabéis? —dice mamá cuando termina de hablar—: He llamado a los grandes almacenes y he hablado con la directora sobre ese Papá Noel tan antipático. Y, ¡qué curioso!, resulta que la directora opina lo mismo que yo. Ella también cree que a la entrada del establecimiento solo debería estar una persona que disfrute haciendo de Papá Noel.

—No irán a despedir a ese hombre, ¿verdad? —quiere saber Kika.

—No, no… —contesta mamá—. Yo le he preguntado lo mismo a la directora, y me ha prometido que encontrará otra tarea más apropiada para él. La verdad es que se ha mostrado de lo más amable y comprensiva. ¡No me lo esperaba!

—Seguro que tú también has sido amable con ella, mami —dice Dani.

—Por supuesto —responde su madre, acariciándole la cabeza—. No olvides que la Navidad se acerca, y que en estas fechas debería costarnos menos que nunca ser simpáticos con la gente… ¡por mucho que otros piensen lo contrario!

Después de cenar, Kika se aprende de memoria la fórmula mágica para zapatos.

—¡Este hechizo va a dejar turulato a todo el mundo! —musita en voz baja.

Y no puede evitar una sonrisilla traviesa al pensar que lo pondrá en práctica dentro de muy poco…

Este libro
pertenece a:

....

....

 Este libro
pertenece a:

....

....

 Este libro
pertenece a:

....

....

 Este libro
pertenece a:

....

....

 Este libro
pertenece a:

....

....

 Este libro
pertenece a:

....

....

 Este libro
pertenece a:

....

....

 Este libro
pertenece a:

....

....

KiKa Superbruja — Este libro pertenece a:

KiKa Superbruja — Este libro pertenece a:

KiKa Superbruja — Este libro pertenece a:

KiKa Superbruja — Este libro pertenece a:

KiKa Superbruja — Este libro pertenece a:

KiKa Superbruja — Este libro pertenece a:

KiKa Superbruja — Este libro pertenece a:

KiKa Superbruja — Este libro pertenece a:

Capítulo 3

Al día siguiente, en el colegio, Kika no deja de pensar en su encantamiento para zapatos… ¡y las clases se le hacen eternas!

Encima, cuando por fin llega a casa por la tarde, primero tiene que hacer los deberes.

Y después está Dani, claro.

Su hermano pequeño parece intuir que Kika se propone algo, y no para de entrar en su habitación con cualquier excusa.

¡Ese microbio le está atacando los nervios!

Por si fuera poco, cuando Dani oye que Kika pide permiso para ir a comprarse una regla nueva para el colegio, se empeña en acompañarla. ¡Menos mal que mamá no le deja!

Así que por fin puede marcharse ella sola, con la promesa de tener mucho cuidado y volver cuanto antes.

Kika va derechita a la zapatería. Pero no entra directamente. Antes, espía desde fuera. ¡No quiere que la dependienta antipática la descubra!

¡Qué rabia que la iluminación del escaparate sea tan fuerte! Kika se ve obligada a pegar la nariz al cristal para poder distinguir algo.

Entonces escucha una voz a su espalda:

—¡Vaya! ¿Qué hay ahí tan estupendo para ver?

—Solo zapatos —contesta Kika sin volverse, aunque por el tono ha notado que debe de tratarse de un hombre bastante mayor.

—Pues a las dependientas no les va a gustar un pelo que dejes las huellas de tu nariz en el escaparate…

—¡Que se vayan a la porra las dependientas!

—¡Recórcholis! No eres muy amable que digamos…

—Tampoco lo son las dependientas… —gruñe Kika.

—Es una verdadera lástima que todo el mundo esté de tan mal humor en esta época —continúa diciendo el hombre a sus espaldas—. Si todos fueran algo más simpáticos, seguro que les alegraría mucho más la llegada de la Navidad.

En ese momento, Kika separa la nariz del escaparate.

¿De qué está hablando ese hombre?

Se vuelve muy despacito y… ¡menuda sorpresa!

Ante ella se encuentra un anciano disfrazado de Papá Noel.

—¿Es usted de aquí? —le pregunta.

—¿Perdón?

—Quiero decir que si le han encargado atraer clientes a la zapatería. ¿O es usted el nuevo Papá Noel de los grandes almacenes?

—No, no… Quizá me estás confundiendo con otro.

 Kika lo observa con más atención. ¡La verdad es que tiene un aspecto muy simpático!

—¿Sabe? Yo opino lo mismo que usted sobre la Navidad —le confiesa.

—¿De verdad? —replica él con una sonrisa.

—Sí, y además, pienso encargarme de que el verdadero hechizo de la Navidad llegue ahí dentro…

El hombre le lanza una mirada inquisitiva y comenta:

73

—¿El verdadero hechizo de la Navidad? ¿Ahí dentro? Hummm…, ¡no es tarea fácil!

Kika mueve la cabeza de arriba abajo, muy decidida:

—Ya sé que no es fácil. Pero tengo un plan…

—¿Un plan?

—Sí, un plan para que el hechizo de la Navidad funcione. Y…, ejem…, estoooo…, siento no poder darle más detalles.

—Claro, claro, lo comprendo… De modo que el verdadero hechizo de la Navidad, ¿eh? —repite el Papá Noel, pensativo—. Lo cierto es que llevo mucho tiempo echándolo de menos. Pero si tú vas a ocuparte de ello, todavía me queda esperanza…

—Bueno, no me ocuparé yo sola. ¡Toda mi clase va a participar también!

Kika se alegra de que el Papá Noel no haya insistido en conocer más detalles de su plan, ¡salvo los que se le han escapado sin querer a ella misma!

Y de repente se le ocurre una idea:

—Oiga… a lo mejor usted podría…, aunque claro, no sé si le apetecerá…

—Vamos, vamos, ¡suéltalo de una vez! —la anima el Papá Noel.

—Mis compañeros iban a quedarse patitiesos si usted… apareciera por sorpresa… ¡disfrazado como ahora, claro! Aunque tendría que ser durante el horario de clase…

—Muy bien, veré qué puedo hacer. Pero, dime, ¿no te habías propuesto hacer algo en esta zapatería? ¡Me muero de curiosi-

dad por averiguar cómo consigues que el verdadero hechizo de la Navidad llegue hasta aquí!

—Ya, bueno, es que… —replica Kika, volviéndose de nuevo hacia el escaparate—… No sé si dará resultado estando delante usted, que es todo un profesional de estas cosas…

Kika ha estado pensando a toda velocidad, y ha decidido que no sería nada bueno que un desconocido la vea practicando sus encantamientos. ¡Eso la haría dejar de ser una superbruja secreta al instante!

No hay otro remedio: Tendrá que dejar el sortilegio de los zapatos para otro momento. Así que pondrá una excusa cualquiera al amable Papá Noel y volverá a casa.

—¿Sabe? Resulta que ahora mismo me resulta imposible ponerme con todo eso del hechizo, y tal… —empieza a decir—. Es que acabo de acordarme de que aún no he hecho mis deberes de Mat…

Pero ¿qué ocurre?

El anciano ha desaparecido de pronto. ¡Es como si se lo hubiera tragado la tierra!

Kika mira a su alrededor. No se divisa ni un solo Papá Noel en toda la calle.

«¡Qué hombre tan raro! Muy simpático…, pero también muy extraño», piensa. «En fin…, mejor así. ¡Ahora podré poner en práctica mi encantamiento!».

Y entra en la zapatería.

La chillona música navideña resuena de nuevo, y la tienda continúa abarrotada de clientes. Todo es exactamente igual que el día anterior.

Kika descubre a la dependienta antipática en un rincón del fondo de la tienda. No es de extrañar que no la haya visto desde el escaparate, pues la mujer está oculta detrás de una enorme montaña de cajas de zapatos.

En cuanto la montaña disminuye un poco, llega una compañera con más zapatos para guardar en más cajas.

Y de pronto, Kika siente auténtica compasión por la dependienta antipática. ¿Cómo va a sentir el verdadero hechizo de la Navidad con un trabajo tan aburrido?

Kika avanza hasta ella y la saluda educadamente.

Pero la vendedora se limita a alzar la vista solo un segundo:

—Calzado infantil en la planta sótano —informa.

—No quiero comprarme unos zapatos,
sino hablar de la Navidad con usted —replica Kika.

La vendedora vuelve a mirarla, esta vez
atónita:

—¿No fuiste tú la niña que estuvo dándome la tabarra ayer con unas preguntas rarísimas?

—Sí. Y, ¿sabe? ¡Me gustaría mucho darle una alegría! Una alegría navideña, para que se ponga de mejor humor… —explica Kika.

La vendedora se echa a reír:

—¡Te creerás que es tan fácil! Ya ves todo el trabajo que tengo: Colocar uuuuna y ooootra vez montones de zapatos en sus cajas, fijándome muy bien en no confundirlos. ¡Eso acaba con mis nervios! Así que para mí no existen las alegrías… ¡sino los infiernos navideños!

—¿Y nadie la ayuda? —pregunta Kika—. Espere, ¡se me ha ocurrido una idea! ¿Y si alguien ordenara primero las cajas, y después…?

Pero no puede terminar la frase porque de pronto aparece un hombre que le suelta una buena reprimenda:

—Los zapatos infantiles están en la planta sótano. ¡Vamos, largo de aquí! No me gusta que molesten a mis empleadas en su trabajo. Por cierto…, ¿dónde demonios se han metido tus padres?

—¡Oh!, están por aquí…, buscando calzado navideño para estas fiestas, ¿sabe? —improvisa Kika, y aprovecha para escabullirse hacia las escaleras mecánicas de la tienda.

El hombre la sigue con la vista meneando la cabeza con desaprobación. ¡No tiene ni idea de a qué se refería Kika con eso del «calzado navideño»!

Pero pronto lo averigua…

Y no sale de su asombro.

¡En toda su vida había visto algo igual!

¡FIIIUUUUU!

Y es que, desde las escaleras mecánicas, Kika ha pronunciado en voz baja una fórmula mágica…

¡FIIIUUUUU!, se oye entonces, y al instante…, ¡¡¡todos los zapatos de la tienda se transforman en precioso calzado navideño!!!

Las aburridas katiuskas de invierno se han convertido en botas coloradas de Papá Noel con bonitos ribetes de peluche blanco.

Las zapatillas que antes solo tenían estampados en color marrón son ahora rojas o verdes brillantes.

Los elegantes zapatos de señora relucen de pronto, dorados o plateados.

¡Y qué decir de los zapatos infantiles! Los hay con figuritas de abetos de Navidad, con Papás Noel, con renos…

¡Es un espectáculo de ensueño!

En la zapatería se ha hecho un silencio sepulcral. Todos los clientes se han quedado patidifusos y con la boca abierta.

Pero enseguida estalla el tumulto…

¡Y la gente se arremolina como loca para probarse ese maravilloso calzado navideño!

—¡Qué gozada!

—¿Por qué las dependientas no me han enseñado antes todo esto?

—¡Nunca había visto unos zapatos tan preciosos!

—¡Me llevo este par, y este, y este otro también!

Como es natural, las dependientas y el encargado de la zapatería se han quedado completamente turulatos. Y más aún cuando los clientes empiezan a bombardearlos a preguntas como:

—¿Seguirán oliendo mucho tiempo a abeto estas zapatillas navideñas?

—Estos patines con renos, ¿los tienen también del número 46?

—¿Tienen chanclas de baño navideñas? ¡Es que me voy a pasar las vacaciones al Caribe!

—Estas botas rojas con tres bandas de peluche blanco, ¿son las del uniforme oficial del A Belén Pastores Fútbol Club?

—¿Son comestibles los adornos de pastas navideñas en los zapatos infantiles?

—¿Tienen suela antideslizante estas botas de Papá Noel?

¡Ni siquiera Kika sabría responder a la mayoría de esas preguntas!

Pero el encargado de la tienda no tarda en recuperar la compostura. Nunca había visto tanto entusiasmo por parte de sus clientes, y enseguida se da cuenta de que ese día van a vender más zapatos que nunca.

Así que puede mostrarse más generoso de lo habitual...

—¡Todos los artículos tienen un descuento del cincuenta por ciento! —empieza a vociferar—. ¡Y las sandalias de paje de los Reyes Magos son gratis... hasta agotar las existencias!

En pocos minutos se han vendido absolutamente toooodos los zapatos de la tienda.

Y cuando Kika sale a la calle, descubre que el encantamiento ha funcionado también con sus propios zapatos… ¡porque lleva puestas unas preciosas botas navideñas!

¿Cómo va a explicar esto en casa? Bueno, solo tiene que repetir la fórmula mágica… ¡Aunque antes quiere conservar un rato esas botas tan bonita

Sin embargo, en el fondo, Kika no está satisfecha del todo con el hechizo de la zapatería.

Ella sabe perfectamente que no ha conseguido traer el verdadero hechizo de la Navidad a ese lugar, porque tanto los clientes como las dependientas y el encargado de la tienda solo pensaban en comprar, comprar, comprar… y vender, vender, vender…

Así que Kika tendrá que pensar en otra cosa para lograr el hechizo navideño de verdad.

Pero ahora debe dirigirse rápidamente a los grandes almacenes.

¡Aún tiene que comprarse una regla para el cole, si no quiere que su madre sospeche! Y en la sección de papelería de los grandes almacenes tiene que haber reglas a montones...

A la entrada se topa con otro Papá Noel. ¡Y qué Papá Noel...!

¡Es negro como el ala de un cuervo!

«Seguramente vendrá de África», piensa Kika.

—¡Bienvenida! Los juguetes están en la tercera planta —le dice a Kika con una gran sonrisa que hace relucir sus blanquísimos dientes, y a continuación empieza a pregonar en voz alta—: ¡Queridos niños, vigilad a vuestros papás y decidles que no anden toqueteándolo todo! ¡Y que no se manchen la ropa, o los castigaréis sin chuches!

Todos los adultos ríen al pasar, ¡y los niños más aún!

—¿Le gusta trabajar aquí? —pregunta Kika al Papá Noel.

—¿De qué trabajo hablas?

—Pues de este, en los grandes almacenes…

—Querida niña: Yo *soy* Papá Noel, así que esto no es un trabajo, sino un placer para mí. Únicamente tengo mucho que hacer en Nochebuena, ¡pero me divierto horrores repartiendo regalos por todas partes montado en mi trineo! Hoy mismo me he venido en un pispás desde África para ver cómo preparáis la Navidad en tu país… Y la verdad es que por aquí hace un frío que pela, pero debe de ser muy práctico para vosotros, porque así no os harán falta neveras, ¿verdad?

Kika suelta una carcajada.

—Y ahora, ¿puedo ayudarte en algo? —añade el Papá Noel.

Entonces Kika recuerda lo que Dani le preguntó al anterior Papá Noel tan antipático:

—¿Tienen coches teledirigidos?

—¡Pues claro! Están en la sección de juguetes. Tercera planta. Por cierto…: Tengo que hablar con el jefe de esa sección, para que el año que viene tengamos también trineos teledirigidos. A mí me gustan mucho más, y en África son muy necesarios cada dos o tres millones de años, ¡cuando llega una glaciación!

—¡Qué hombre tan simpático! —exclama una mujer al pasar.

Por desgracia, Kika tiene que darse prisa. Los grandes almacenes están a punto de cerrar, y ella aún tiene que comprar su regla.

Así que se despide del Papá Noel negro y entra. Las puertas automáticas de cristal se abren con un siseo y, cuando vuelven a cerrarse tras ella, el ambiente amable ya se ha evaporado.

Allí dentro reina la típica agitación de estas fechas, con los empujones, codazos y pisotones de rigor. Y ni los villancicos que resuenan por los altavoces ni los adornos navideños que brillan por todas partes logran cambiar eso.

«¡Bufssss!, aquí dentro sí que va a hacer falta usar un encantamiento navideño súper potente…», piensa Kika. «Tendré que volver a consultar mi libro de magia».

Se dirige rápidamente a la sección de papelería, compra una regla y emprende de inmediato el camino de vuelta a casa.

Eso sí: Poco antes de llegar, desencanta a toda prisa sus botas navideñas, porque si no, el hechizo de la zapatería dejaría de ser un secreto.

Además, ¡tiene cosas de sobra para contarles a sus padres y a Dani! Por ejemplo, que la llamada de mamá a la directora de los grandes almacenes ha surtido efecto y ahora allí trabaja un Papá Noel simpatiquísimo.

Durante la cena, incluso les habla del otro Papá Noel que ha conocido frente al escaparate de la zapatería, el que desapareció de repente sin dejar rastro, como por arte de magia…

—¿Y no sería el verdadero Papá Noel? —pregunta Dani.

Kika y sus padres intercambian una sonrisa.

—¡Eh, eh, no os riáis! —protesta Dani—. ¡Yo ya soy mayor y sé que muchos Papás

Noel no son el de verdad! Por ejemplo, el que viene todos los años a mi clase es mi profe, disfrazado. Lo descubrí por sus zapatos y sus calcetines de rayas... ¡Así que él no es el auténtico! Y es que siempre hay que fijarse mucho en los zapatos de los Papás Noel. Pero... ¿quién sabe? A lo mejor, cuando no te lo esperas, ¡va y aparece el Papá Noel de verdad!

—Pues sí, ¿quién sabe...? ¡A lo mejor tienes razón! —responde Kika, sonriendo todavía.

Y enseguida se va a su habitación para sumergirse en la lectura de su libro secreto de magia.

Ya sabe que en él no va a encontrar un hechizo navideño para grandes almacenes, pero a lo mejor hay otras brujerías que la ayuden a llevar a cabo su plan.

Kika pasa una página tras otra y piensa...

¿Qué tal un hechizo para que crezcan abetos en los grandes almacenes?

¿O para que de repente aparezcan la mula y el buey del Portal de Belén?

¿O un rebaño de ovejas, con pastor incluido?

¿O...?

Capítulo 4

A la mañana siguiente, mamá les reserva una sorpresa a Kika y a Dani.

—¡Mirad esto! —exclama agitando el periódico ante ellos—. ¡«Hechizo navideño en una zapatería»! Por lo visto, ayer se armó una buena en la primera tienda a la que fuimos los tres, ¿os acordáis? ¡Resulta que solo vendían calzado de Navidad!, ¿podéis creéroslo? Aquí dice que la gente se volvió completamente majareta, y que al cabo de unos minutos se habían agotado todas las existencias. ¡Debió de ser fantástico! Qué lástima habérnoslo perdido, ¿verdad? Al parecer, incluso hubo clientes que afirmaron que se trataba del auténtico hechizo de la Navidad. El encargado

de la tienda asegura que no tiene la menor idea de cómo llegaron hasta allí todos aquellos zapatos, pero nadie le cree, por supuesto. ¡Todos piensan que simplemente fue una publicidad fantástica! Pero da igual. El periódico dice que fue una idea mágica… ¿A que es asombroso?

—¡Eso quiere decir que el Papá Noel que Kika se encontró delante de esa zapatería era el de verdad! —salta Dani, entusiasmado—. ¡Solo él pudo encantar todos esos zapatos!

—Vaya, vaya, microbio… ¡Por una vez has demostrado ser más listo que yo! —dice su hermana medio en broma, medio en serio, porque en el fondo le encanta que Dani piense eso.

Kika está deseando ponerse de nuevo en acción.

Y es que, si un pequeño encantamiento en una zapatería ha organizado tanto revuelo, ¡menudo escándalo va a formarse con su próximo súper hechizo en los grandes almacenes!

Al día siguiente llega el momento de actuar.

Por la tarde, nada más terminar los deberes, Kika vuelve a los grandes almacenes.

El Papá Noel negro sigue en la entrada, ¡y lo rodean por lo menos cincuenta niños! Ha debido de correrse la voz de lo simpático que es…

Kika se limita a saludarlo con una sonrisa y sigue su camino.

Las puertas automáticas se cierran a sus espaldas y enseguida se ve envuelta entre el barullo de gente, la iluminación deslumbrante, la música de villancicos, el repiqueteo de las cajas registradoras y los comunicados de las ofertas especiales que resuenan por los altavoces.

«Menos mal que todo esto va a terminarse muy pronto», resopla Kika.

Rápidamente, saca una nota del bolsillo de sus pantalones. Esta vez es bastante grande, porque ha tenido que apuntarse varios hechizos.

El primero de la lista es el *Hechizo de la oscuridad.* Después siguen el *Sortilegio de las velas,* para conseguir una agradable iluminación, y diferentes *Conjuros para la lluvia,* aunque no para una lluvia normal, claro… Kika ha anotado entre paréntesis lo que quiere que llueva en los grandes almacenes: ¡Confeti, mazapán, ramitas de abeto y toneladas de purpurina!

¡Los clientes se van a quedar patidifusos!

Por si esto fuera poco, con la *Magia barbuda* piensa hacer que le crezcan barbas de Papá Noel a todo el mundo, ¡incluidas las señoras! ¡Aquello va a ser para partirse de risa!

¡Ah!, y también se ha apuntado el *Encantamiento de renos* y el *Viaje mágico en trineo*. No tiene muy claro cómo funcionará este último, pero como viajar en trineo es algo muy apropiado para la

Navidad, no ha dudado en seleccionarlo. ¡A lo mejor las escaleras mecánicas se convierten en una pista de patinaje!

Kika está nerviosísima, pero no duda en ponerse manos a la obra.

Mira su nota por última vez y respira hondo.

¡Adelante!

Primero susurra la fórmula mágica del *Hechizo de la oscuridad...*

Y apenas la ha pronunciado, ¡los grandes almacenes se vuelven tan negros como la boca de un lobo!

Cientos de gritos asustados resuenan al instante, y enseguida se hace el silencio...

—¡Estimados clientes: Ante todo, no se dejen llevar por el pánico! —exclama una voz de mujer desde alguna parte—. Seguramente se trata de un apagón momentáneo. El grupo electrógeno de emergencia

106

entrará en funcionamiento enseguida. No existe ningún motivo de alarma.

—Grupo electrógeno… ¡y una porra! —murmura Kika—. Aquí lo que hace falta es luz de velas navideñas. ¡Eso creará ambiente!

Y a continuación vuelve a sacar su nota.

Lo malo es que los grandes almacenes están tan oscuros, ¡que no ve tres en un burro! ¿Cómo leerá ahora la fórmula mágica?

¡Porras! No había pensado en eso. ¡Qué boba! ¿Por qué no se habrá aprendido de memoria el maldito hechizo de las velas?

De pronto, una linterna se enciende por encima de Kika.

—Señores clientes: Enseguida se habrá solucionado todo —anuncia la misma voz de antes, que parece proceder de las escaleras mecánicas y pertenece a la misma mujer que sujeta la linterna—. Nuestro servicio de seguridad ya se está ocupando de este pequeño inconveniente.

Muy pronto empiezan a encenderse varios mecheros aislados.

—Por favor, ¡tengan mucho cuidado con el fuego! —advierte la mujer de la linterna.

—También podríamos encender velas… —propone otra voz en la oscuridad.

—No creo que sea necesario —contesta la primera mujer.

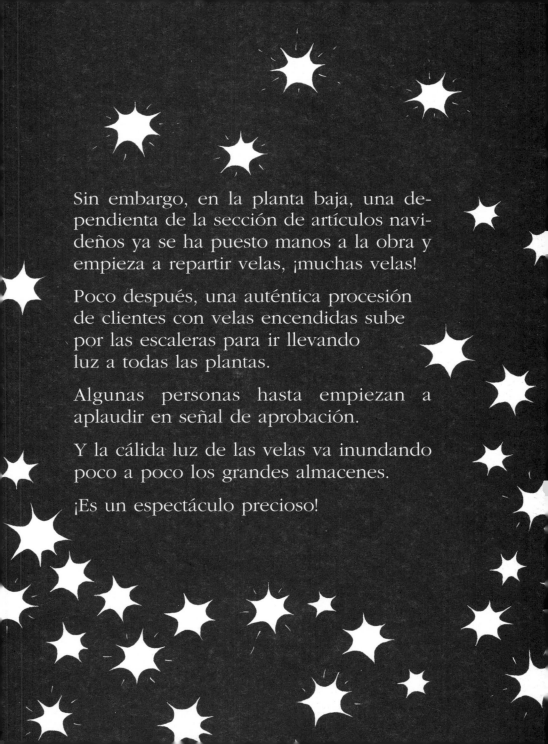

Sin embargo, en la planta baja, una dependienta de la sección de artículos navideños ya se ha puesto manos a la obra y empieza a repartir velas, ¡muchas velas!

Poco después, una auténtica procesión de clientes con velas encendidas sube por las escaleras para ir llevando luz a todas las plantas.

Algunas personas hasta empiezan a aplaudir en señal de aprobación.

Y la cálida luz de las velas va inundando poco a poco los grandes almacenes.

¡Es un espectáculo precioso!

La agitación habitual ha desaparecido como por arte de magia, y todos esperan tranquilamente a ver qué pasa.

La mujer de la linterna vuelve a tomar la palabra. Ya ni siquiera tiene que levantar la voz para hacerse oír:

—Queridos clientes, permítanme que me presente: Soy la señora Averíez, directora de estos grandes almacenes, y me acompaña el señor Severo, nuestro jefe de seguridad. Él también desea decirles algo…

—Estimados señores —empieza a hablar el jefe de seguridad—: Ante todo, quiero felicitarles. Siempre pensé que una emergencia como esta desencadenaría el pánico general en los grandes almacenes, pero al ver cómo han reaccionado ustedes, tengo más bien la impresión de estar asistiendo a una agradable fiesta navideña. Me gustaría poder explicarles lo que está sucediendo… ¡pero me resulta imposible!

El jefe de seguridad se ve obligado a hacer una breve pausa, pues algunos clientes sueltan unas risitas.

Cuando al fin logra hacerse oír de nuevo, el señor Severo prosigue:

—En realidad, con nuestros sofisticados sistemas de seguridad es imposible que pueda producirse un apagón como este, así que lo que ha ocurrido es… ¡inconcebible! De todos modos, si ustedes continúan manteniendo la calma como hasta ahora, no existe el menor motivo de inquietud. Por desgracia, también han fallado nuestras líneas telefónicas y se han bloqueado todas las puertas. Pero cuando desde el exterior se den cuenta de que nos encontramos en situación de emergencia, vendrán a echarnos una mano, no lo duden. Hasta entonces, debemos tener paciencia. Les ruego que no enciendan más velas, porque el calor podría activar el sistema antiincendios de lluvia automática.

—¿Acaso no venden aquí paraguas? —grita alguien, y de nuevo se oyen grandes risotadas.

—Muchas gracias, señor Severo —interviene la directora—. Y, por cierto…, ¡me ha encantado su comparación con la fiesta navideña! Propongo que el personal de la sección de comestibles reparta gratuitamente dulces navideños. ¡Señores clientes, están todos ustedes invitados!

Lo que ocurre a continuación deja boquiabierta incluso a la mismísima Kika.

Después del reparto de dulces, ¡los dependientes empiezan a traer además champán, sidra y refrescos para los niños!

La gente se sienta tranquilamente formando grupitos en los peldaños de las escaleras mecánicas y encima de los mostradores para comer, beber y charlar, ¡y una señora hasta pide una guitarra de la sección de música y se pone a cantar villancicos!

Kika recorre los grandes almacenes, completamente feliz.

Por todas partes reina un ambiente estupendo.

En la sección de juguetes de la tercera planta, unos niños recitan a coro las poesías navideñas que se han aprendido en el colegio.

Y una planta más abajo, la gente escucha con atención a un anciano que cuenta la gran historia del nacimiento del Niño Jesús en Belén.

Toda la gente charla, canta y ríe de lo más relajada.

—¡Por fin! —musita Kika—. ¡Este sí que es el verdadero hechizo de la Navidad!

¡Seguro que ni el encantamiento de los trineos habría dado mejor resultado!

Cuando al cabo de un rato llegan los bomberos y la policía, lo sucedido en los grandes almacenes les resulta incomprensible…

¡Los clientes encerrados no quieren que los liberen! ¡Prefieren quedarse un rato más disfrutando de su improvisada fiesta navideña!

También es bastante raro lo que sucede a la mañana siguiente en el colegio de Kika…

Acaba de empezar la primera clase y todos están sentados ya en sus pupitres cuando la señorita Marina reclama su atención:

—Queridos chicos —dice—: Aquí fuera, en el pasillo, hay alguien que quiere veros… Acaba de contarme que Kika le invitó a hacernos una visita, ¡así que dadle las gracias a vuestra compañera por habernos regalado esta bonita sorpresa!

Toda la clase aplaude, y Kika, muerta de vergüenza, se pone colorada como un tomate. ¡En ese momento ni siquiera cae en quién estará esperando fuera!

Pero antes de que le dé tiempo a preguntar, se abre la puerta y entra… ¡un Papá Noel!

Y no hay duda de qué Papá Noel se trata…

Los chicos están entusiasmados, y Kika, ¡patidifusa!

Al concluir la clase, el Papá Noel le hace una seña para que se acerque, y ella por fin puede preguntarle:

—¿Cómo sabía usted en qué colegio…? Quiero decir que… ¡usted no me conocía de nada!

—Papá Noel lo sabe todo —le susurra él, guiñándole un ojo.

De pronto, Kika se acuerda de lo que dijo su hermano Dani y mira de reojo los pies del Papá Noel.

Pero sus botas navideñas tienen una pinta corriente y moliente…

¿O a lo mejor no?

Índice

¡Hola!

Este que ves en la foto soy yo. Me llamo KNISTER, y soy el autor de las aventuras de Kika Superbruja.

Como siempre me ha gustado vuestro mundo, el de los chicos y chicas como tú, he escrito muchos libros y canciones para vosotros, y también obras de teatro.

Me encanta presentar programas de lectura en la tele, la radio, las bibliotecas, los teatros y las librerías de mi país (que, por cierto, es Alemania), y también disfruto mucho cuando realizo trabajos para chicos y chicas que son discapacitados psíquicos, o disléxicos, o ciegos..., todos ellos de tu misma edad.

Pero lo mejor de todo es cuando vosotros participáis conmigo en lo que hago, leyendo mis libros y compartiendo las aventuras de los personajes que los protagonizan.

En esta ocasión he querido presentaros a Kika Superbruja. Como es una bruja supersecreta, me costó bastante que me explicara sus trucos de magia, pero al final lo conseguí. Aunque..., no sé por qué, pero me da la impresión de que Kika Superbruja no me ha contado todos sus supersecretos... ¡y a lo mejor todavía le quedan unos cuantos hechizos guardados en la manga!

Colección «Kika Superbruja»

0. *Kika Superbruja y el libro de hechizos*
1. *Kika Superbruja, detective*
2. *Kika Superbruja y los piratas*
3. *Kika Superbruja y los indios*
4. *Kika Superbruja revoluciona la clase*
5. *Kika Superbruja, loca por el fútbol*
6. *Kika Superbruja y la magia del circo*
7. *Kika Superbruja y la momia*
8. *Kika Superbruja y la ciudad sumergida*
9. *Kika Superbruja y la espada mágica*
10. *Kika Superbruja en el castillo de Drácula*
11. *Kika Superbruja en busca del tesoro*
12. *Kika Superbruja y don Quijote de la Mancha*
13. *Kika Superbruja en el Salvaje Oeste*
14. *Kika Superbruja y el hechizo de la Navidad*
15. *Kika Superbruja y los vikingos*
16. *Kika Superbruja y los dinosaurios*
17. *Kika Superbruja y sus bromas mágicas*
18. *Kika Superbruja y la aventura espacial*
19. *Kika Superbruja en el país de Liliput*
20. *Kika Superbruja y el examen del dragón*
21. *Kika Superbruja y el viaje a Mandolán*

Colección «Kika Superbruja y Dani»

1. *Kika embruja los deberes*
2. *El cumple de Dani*
3. *El vampiro del diente flojo*
4. *El loco caballero*
5. *El dinosaurio salvaje*
6. *La gran aventura de Colón*
7. *El partido de fútbol embrujado*
8. *El hechizo fantasma*
9. *Un pirata en la bañera*
10. *Un osito en la nevera*
11. *Un fantasma en el colegio*
Cuaderno para colorear

Especiales Kika Superbruja

Especial cumpleaños
Especial Navidad
Libro de magia
El mundo de Kika
Superpasatiempos
Kika Superbruja y el libro de hechizos
(EDICIÓN ESPECIAL N.º 0 CON FOTOS DE LA PELÍCULA)
Kika Superbruja y el libro de hechizos
(ÁLBUM DE LA PELÍCULA)
Kika Superbruja y el libro de hechizos
(ÁLBUM DE CROMOS DE LA PELÍCULA)

Colección «Todo sobre...»

1. *Todo sobre los piratas*
2. *Todo sobre los dinosaurios*
3. *Todo sobre los antiguos egipcios*
4. *Todo sobre los caballeros*
5. *Todo sobre los delfines y las ballenas*
6. *Todo sobre los caballos*

Colección «Kika Superwitch»

1. *Kika Superwitch Trouble at School*
2. *Kika Superwitch at Vampire Castle*

Colección «Kika Superwitch & Dani»

1. *Kika Superwitch & Dani Magic Homework*
2. *Kika Superwitch & Dani And the Wild Dinosaurs*
3. *Kika Superwitch & Dani And the Birthday Party*

Colección «Vacaciones con Kika»

Repasa 1.º y prepara 2.º
Repasa 2.º y prepara 3.º
Repasa 3.º y prepara 4.º
Repasa 4.º y prepara 5.º
Repasa 5.º y prepara 6.º
Repasa 6.º

Si te gustan los libros de Kika, ¡no te pierdas estos otros del mismo autor!

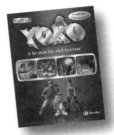

Colección «Yoko»

1. ¿Quién diablos es Yoko?
2. Yoko alborota la escuela
3. Yoko y la noche del terror

Colección «Quique & Lucas, locopilotos»

1. La sorpresa del abuelo
2. 3, 2, 1… ¡despegando!
3. Misión secreta
4. A la conquista del espacio

Colección «Altamar»

140. Willy, la mosca
149. El huevo prehistórico

Colección «Álbumes ilustrados»

Te lo prometo
El gran baile de Sofía y su abuela
La bella Beba

www.KNISTER.com